à Alain et Philippe, C.R.

Volume 3

Collection
LES PETITES TROUILLES
dirigée par Frédéric Houssin & Cédric Ramadier

Conception graphique : DOUBLE, Paris

Dépôt légal : 2e semestre 2002. N° d'édition : 2002 / 27
ISBN : 2 84006 34 33
Photogravure : Fossart. Imprimé en Belgique par Proost
Loi 49956 du 16 juillet 1949 sur les publications destinées à la jeunesse

Une histoire de **Cédric Ramadier**

NUIT D'OGRE

Images de **Vincent Desplanche**

MILA ÉDITIONS

Un noir d'encre.

C'est déjà la nuit.

Les jumeaux sont impatients.

Ce soir leur copain Lucas

dort à la maison.

« Voilà maman ! » s'exclament Igor

et Boris d'une seule voix.

Sur le chemin
la neige tombe dru,
le vent affole
les flocons. Au ras du manteau
blanc la discussion va bon train.
« Tu sais Lucas, un ogre rôde autour
de notre maison, chuchote Igor.
– Oui, il est tout rouge,
continue Boris.

– Avec de grands poils…

– … des oreilles

de choux…

– … un nez fumant de la taille

d'une aubergine…

– … des dents comme des pelles…

– … des ongles en râteau…

– … et des yeux jaunes ! »

conclue Boris

en criant.

« Waou ! Un vrai
monstre, balbutie
Lucas, effrayé.

– Dépêchez-vous,
ou la neige
va nous engloutir ! »

Devant la grande bâtisse, les flocons ont peint tout en blanc. Au-dessus du vieux cerisier les bourrasques chassent les nuages. La lune apparaît, ronde et jaune comme un gros œil.

À la table du goûter Lucas est préoccupé. Il n’a pas très envie que l’ogre vienne les visiter cette nuit. Rien que d’y penser ça lui donne la chair de poule.

« On pourrait lui faire peur ?

– Mais un ogre ça n’a peur de rien, rétorque Igor, surtout celui-là.

– Si, les ogres ils ont peur des géants. On va fabriquer un géant. »

Lucas parsème par-ci
par-là d'immenses
poils qu'il coupe
dans un vieux balai.

Boris trace
les gigantesques
empreintes
de son passage.

Tandis que Igor
façonne dans
la neige un tibia
de dinosaure
que le géant
aurait dévoré.

Après le dîner, dans la pénombre
de la chambre des jumeaux,
Lucas fignole le piège fatal.
« Si avec ça il ose encore pointer
le bout de son nez, ricane Igor. »
Mais c'est papa qui faufile le sien
par la porte entrouverte.
« Au lit les comploteurs, sous
les couvertures avant que la nuit
ne vous croque. »

Les enfants ne
dorment que d'un œil.
Au-dehors, le vent
gronde. L'air siffle
entre les persiennes.
« Vous avez entendu,
susurre Lucas.

– Ouuui, répondent les jumeaux d'une même voix chevrotante. »

La neige crisse. Puis crisse à nouveau régulièrement.

SHHH... SHHH...

« C'est lui, j'en suis sûr, il arrive. »

Dans un souffle rauque la fenêtre
s'ouvre brusquement.
Le vent s'y engouffre en hurlant.
AHHHHHHHHH !
Les trois petits hurlent à leur tour.
Igor sanglote sous ses draps. Boris
enfouit son visage dans ses mains.
« Allume Igor,
crie Lucas.
VAS-Y ! »

Igor tend le bras.

À tâtons, du bout des doigts,

il trouve l'interrupteur.

CLIC !

Une ombre géante mange

les murs de la chambre.

La fenêtre claque en se refermant

dans un grand courant d'air glacial.

« Il est parti ! clame Lucas, je crois qu'on lui a fichu une sacrée frousse !

– Igor, tu veux pas éteindre, moi aussi elle commence à me faire peur l'ombre de la figurine, dit Boris. »

Soudain, on entend des bruits de pas dans le couloir. La porte s'ouvre… C'est Papa !

« C'est pas bientôt fini ce r… AHHHHHHHHH ! »

FIN

Dans la collection

LES PETITES TROUILLES

1
Un bonhomme dans le rideau
G.Barraqué & F.Turrier
●●

2
J'veux pas de piqûre !
A.Alméras & C.Perrin
●●●●

3
Nuit d'ogre
C.Ramadier & V.Desplanche
●●●●●●

4
Araignée du soir, cauchemar
P.Jusforgues & M.Bardos
●●●●●

5
Qui est là ?
Alice Charbin
●●●

6
Panique à la piscine
Muzo
●

TROUILLOMÈTRE

● de la roupie de sansonnet...
●● pour les plus tendres...
●●● premiers frissons...
●●●● pour froussard confirmé...
●●●●● on ne peut plus rien pour vous...
●●●●●● à vos risques et périls...